AJAX FURIEUX,

TRAGÉDIE.

AUXERRE, DE L'IMPRIMERIE DE LE COQ.

AJAX FURIEUX,

TRAGÉDIE

EN TROIS ACTES ET EN VERS;

Par M. RICHEROLLE d'Avallon.

A PARIS,

CHEZ LES MARCHANDS DE NOUVEAUTÉS.
1818.

PRÉFACE.

Nous mettons aujourd'hui sous les yeux du Public la Tragédie d'*Ajax*, que nous eûmes le courage de présenter au Comité après le malheureux sort d'*Astyanax*. Nous avons dit que la manière dont cette seconde Pièce avait été reçue, avait renouvelé nos tristes pressentimens; la première étant tombée par la défection d'un des Acteurs, les autres auraient dû sans doute montrer quelqu'empressement à jouer celle-ci pour réparer une faute grave qui nous avait enlevé un succès presqu'obtenu, et qui paraissait bien mérité. Un Acteur proposa de la mettre à l'étude; mais le plus grand nombre s'y opposa , disant que l'*Ajax* de M. Poinsinet de Sivry était en possession du Théâtre; que cet Auteur peu fortuné comptait sur le bénéfice de plusieurs représentations; qu'une Pièce rivale leur serait préjudiciable, et qu'il ne convenait point de l'admettre. Nous n'avons jamais su si cette charitable exclusion avait profité à M. Poinsinet de Sivry; mais après la mort de l'Auteur, quoique nous eussions un droit incontestable à la reprise d'*Astyanax*, n'ayant point trouvé d'Actrice disposée * à jouer le rôle d'Andromaque, nous demandâmes aux Acteurs la représentation d'Ajax, en exposant que le motif qui l'avait fait rejeter n'existait plus. Leur réponse confirma nos soupçons et ne nous

---

* Le mot était *capable.*

laissa plus aucun doute sur l'existence de l'intrigue secrète qui nous avait perdu sur la scène. En effet, nous reçûmes un écrit, sans signature, par lequel on nous demandait des corrections, fondées sur ce que la Pièce était sans amour, sans intérêt, mal écrite, et qu'Ulysse y était entièrement avili. Ulysse, qui ne paraît pas dans la Pièce; Ulysse dont Virgile a dit: *Scelerum inventor Ulysses.* Quel coup de pinceau ! la Pièce entière offre-t-elle rien qui soit comparable à l'énergie de ces deux mots? et peut-on nous blâmer d'avoir inspiré de l'horreur et du mépris pour l'indigne concurrent du héros qui résista seul et tant de fois au vaillant Hector, au fer, au feu, à Jupiter même.

Hectora qui solus, ferrumque ignemque Jovemque
Sustinuit toties.

Le bon sens et l'art n'exigeaient-ils pas de

rabaisser Ulysse, que nous avons écarté de la scène, pour mieux relever Ajax qui l'occupe presque toujours.

Ce serait faire injure au lecteur que d'entrer dans un plus long détail, et de combattre des objections que la Pièce doit réfuter elle-même. On sait assez que l'amour ne doit jamais occuper le second rang sur la scène, et qu'il ne peut figurer dans une Tragédie d'Ajax sans dénaturer la noble simplicité du sujet, qui d'ailleurs nous paraît si intéressant par lui-même, que nous sommes surtout étonnés de ce qu'on a pu dire qu'il était dénué de tout intérêt. Hommes superficiels, vous ne concevez donc pas les tourmens d'un cœur généreux que l'injustice opprime? vous ne voyez donc pas le glaive ardent qui le transperce?

Sondez, sondez ses profondes blessures, et vous direz vous-mêmes les yeux baignés de larmes : O malheureuse victime de l'envie, celui qui ne plaint pas ton sort est plus à plaindre que toi.

Vous nous répondez que les armes d'Achille pouvaient intéresser les Grecs, mais qu'elles sont pour nous sans attraits et sans importance. Quoi! ces armes qui secondaient si puissamment le courage!..... Hé bien, soit : mettons à la place une couronne de chêne, et l'intérêt n'en sera pas moins grand.

Quelque soit le prix de la valeur, il nous semble qu'un héros qui a droit d'y prétendre, qui, plein de confiance le demande, parce qu'il l'a mérité, et qui se

croyant déshonoré par l'indigne préférence
accordée à son rival, en ressent un affreux
désespoir qui égare ses sens, trouble sa
raison et le réduit à se donner la mort, il
nous semble que ce personnage, éminem-
ment tragique, offre des leçons de morale
du plus grand intérêt et de la plus haute
importance pour toutes les nations et dans
tous les siècles; osons dire encore qu'il peut
être traité de manière à paraître neuf
même après la Tragédie de M. de Sivry.

Que si nous ne l'avons pas écrit avec la
chaleur et l'enthousiasme qu'il doit inspi-
rer, ce n'est assurément pas faute d'en
avoir connu tout le prix; et si par de
bonnes raisons on nous prouve que ce sujet
n'est pas un des plus utiles et des plus in-
téressans qu'on puisse mettre sur la Scène,

nous n'hésiterons pas à reconnaître et à convenir que nous avons été toute notre vie le triste jouet de nos illusions, et que nous ne pouvons trop regretter d'avoir consumé nos jours dans la vaine recherche des beautés de l'art et de la nature.

PERSONNAGES.

AJAX,
TECMESSE,
TEUCER,
AGAMEMNON,
DIOMÈDE,
IPHIS,
IRÈNE,
GUERRIERS.

La Scène se passe dans le camp des Grecs.

AJAX FURIEUX,

TRAGÉDIE.

~~~~~~

ACTE PREMIER.

SCÈNE PREMIÈRE.

TECMESSE, IRÈNE.

TECMESSE.

Les Grecs sont assemblés : ciel! exauce mes vœux!
Fais que le grand Ajax, le plus vaillant d'entr'eux,
Au sein de cette armée en héros si fertile,
Hérite de la gloire et des armes d'Achille!

IRÈNE.

Ce triomphe éclatant, ces honneurs lui sont dus,
Madame; il obtiendra le prix de ses vertus.

TECMESSE.

Hélas!

IRÈNE.

Quoi! doutez-vous de cet heureux présage?
Quel voile obscur paraît couvrir votre visage?

TECMESSE.

Qui de nous peut prévoir les arrêts du destin?
Le triomphe d'Ajax est encor incertain :
Ulysse est son rival.

IRÈNE.

Redoutez-vous Ulysse ?

TECMESSE.

Je le connais, Irène, et je crains l'injustice :
C'est toujours en rampant qu'il s'élève aux honneurs.
Et qui sait mieux que lui, par des discours flatteurs,
Mendier bassement et briguer un suffrage ?
Ajax a tout l'orgueil qui sied au vrai courage;
Sûr, en le demandant, de mériter le prix,
Je crains que sa fierté n'aigrisse les esprits :
Qui sait même, à l'aspect d'un rival téméraire,
S'il pourra contenir sa trop juste colère ?
Enfin, je l'avouerai, de noirs pressentimens
S'emparent de mon cœur et troublent tous mes sens.

IRÈNE.

Vos craintes sont l'effet de votre amour extrême;
On s'alarme aisément, on craint tout quand on aime;
Mais dissipez enfin cette injuste frayeur,
Le nom d'Ajax doit seul rassurer votre cœur :
Au nom de ce héros, tout tremble, tout lui cède;
Le fier Agamemnon, le vaillant Diomède,
Idoménée, Iphis, Mérion, tous nos rois
Témoins de sa valeur ont respecté ses droits :
Et le perfide Ulysse obtiendrait la victoire?
Et, successeur d'Achille, héritier de sa gloire,
Le lâche ravirait des armes, ces lauriers
Que n'osent disputer tant de braves guerriers?

TECMESSE.

Je rougis d'y penser, mais la fourbe d'Ulysse...

IRÈNE.

Que peuvent en ce jour la ruse et l'artifice?

TECMESSE.

Sa perfide éloquence, enfin cet art fatal....

IRÈNE.

Il suffit qu'en valeur Ajax n'ait point d'égal.
Pensez-vous qu'on s'arrête à des discours frivoles ?
Prouve-t-on sa valeur par de vaines paroles ?
D'une armée en fureur soutenir les assauts ;
Repousser les Troyens, défendre nos vaisseaux ;
Poursuivre Hector sanglant aux pieds de ses murailles ;
Remplir tout Ilion de vastes funérailles :
Tels sont de votre époux les glorieux exploits.
C'est par lui que Pergame est réduit aux abois ;
Et tous ces bords fumant de sang et de carnage,
A tous les yeux, madame, attestent son courage ;
Son triomphe est certain, et vous seule en doutez.

TECMESSE.

Non, je n'en doute plus, mes vœux sont écoutés :
Tu rouvres dans mon cœur mille sources de joie.

IRÈNE.

Ajax est la terreur et le fléau de Troie.

TECMESSE.

Tel que Mars en fureur au milieu des combats,
La peur même et la mort marchent devant ses pas.

IRÈNE.

Comme Achille, en tous lieux suivi de la victoire,
De ses armes lui seul peut soutenir la gloire.

TECMESSE.

Irène, conçois-tu ma joie et mon bonheur ?
C'est lui qu'en ce moment un murmure flatteur,
Et déjà tous les cris de la Grèce assemblée,
Nomment le successeur du fils du grand Pélée ;
Déjà le roi des rois, sur son front glorieux,

Du héros a posé le casque radieux ;
Il met entre ses mains sa lance formidable,
Et ce bouclier d'or, immense, impénétrable,
Chef-d'œuvre de Vulcain, dont l'auguste Thétis
Au bord des vastes mers fit présent à son fils.
Qu'il sera beau couvert de ces brillantes armes !
Que l'héritier d'Achille à mes yeux a de charmes !
Mon cœur impatient brûle de le revoir.

IRÈNE.

Il ne tardera point à remplir votre espoir.

TECMESSE.

Ces armes ajoutant à sa force invincible,
Que ce fameux guerrier va paraître terrible !
Tremble, perfide Troie, Achille vit encor,
Il revit dans Ajax, et tu n'as plus d'Hector.
Mais qui peut si long-tems retarder sa présence ?

IRÈNE.

Suivez les mouvemens de votre impatience ;
Qu'attendez-vous ? courons au-devant de ses pas.

TECMESSE.

Non, non, ces lieux charmans ont pour moi trop d'appâs ;
Je veux revoir ici le héros que j'adore.

IRÈNE.

Madame, quel est donc ce charme que j'ignore ?
Quoi ! ces lieux peuvent-ils....

TECMESSE.

         Que ces lieux me sont chers !
Je languissais captive, Ajax brisa mes fers :
O fortuné séjour ! c'est là, sous cet ombrage,
Que de ses premiers feux mon cœur reçut l'hommage :
Loin d'imprimer alors la crainte et la terreur,
Son front paisible offrait l'image du bonheur ;

De l'amour ses regards peignaient la douce ivresse :
« Soyez libre, dit-il, jeune et belle Tecmesse ;
De l'orgueil d'un guerrier qui dédaignait l'amour,
Vos charmes, vos vertus triomphent en ce jour ;
Ajax, à votre sort, unit sa destinée. »
C'est dans ces lieux chéris où le Dieu d'Hyménée
A consacré ses vœux, ses transports les plus doux,
Que je veux dans ma joie embrasser mon époux.
Mais mon fils.... j'oubliais une tête si chère !
Je dois l'offrir moi-même aux caresses d'un père.
Vas, cours chercher mon fils ; sur son cœur triomphant,
Qu'il presse tour-à-tour sa femme et son enfant.
Je n'oserais lui dire, et pourtant j'ose croire
Que l'amour donne encor plus de prix à la gloire.

SCÈNE II.

TECMESSE, seule.

QUELLE heureuse journée, et quels brillans destins !
Achille est dans l'Olympe, et ses mânes divins
Y reçoivent déjà nos vœux et notre hommage.
O toi, son successeur et sa vivante image,
Tu verras donc un jour, du rang des immortels,
Les peuples à genoux encenser tes autels.
Triomphe, sois heureux, sois un Dieu pour la Grèce ;
Tu sais ce qu'il en coûte à ma vive tendresse,
Ajax ; combien de fois t'arrachant de mes bras,
M'as-tu livrée aux pleurs pour voler aux combats :
Tes superbes lauriers sont baignés de mes larmes ;
Songe au moins quelquefois, pour prix de tant d'alarmes,
Et quand la gloire seule a droit de te charmer,

Que ton épouse, hélas! ne vit que pour t'aimer.
J'aperçois nos guerriers : que mon ame est émue?
Mais le bouclier d'or ne frappe point ma vue;
Je ne vois point Ajax : qui peut le retenir?

SCENE III.

TECMESSE, IPHIS, Salaminiens.

TECMESSE.

Guerriers, sans votre chef osez-vous revenir ?
Mais quels tristes regards, ô ciel ! que vais-je entendre?
Quel est notre destin ? parlez ; je veux l'apprendre.
Les Grecs ont adjugé le prix de la valeur ?

IPHIS.

Madame, c'en est fait...

TECMESSE.

J'attendais le vainqueur.

IPHIS.

Ajax..... Ah ! malheureux !

TECMESSE.

La force m'abandonne.
Ulysse, c'est donc toi que la Grèce couronne,
Et la valeur enfin succombe sans espoir !
Mais que dis-je? non, non, j'aurais dû le prévoir;
Ajax a dédaigné sans doute une victoire
Dont un vil concurrent souillait toute la gloire;
On l'a vu rejeter par un noble mépris
Un triomphe honteux et des lauriers flétris;
Sans s'avilir, peut-être, il n'y pouvait prétendre?

IPHIS.

Du fils des Dieux Ajax honorait trop la cendre

Pour livrer son armure aux mains de son rival;
Lui-même a provoqué des Grecs l'arrêt fatal,
Et nos peuples ingrats, voués à l'injustice,
Dépouillent sa valeur et couronnent Ulysse.

TECMESSE.

Jour affreux! cher époux, ah! quelle est ta douleur!

IPHIS.

Que l'injustice irrite et désole un grand cœur!
Trop malheureux guerrier, à quels maux on te livre!

TECMESSE.

A cet affront sanglant il ne pourra survivre.
Mais que fait-il? réponds : oui, je veux tout savoir;
Dis quels sont ses regrets; peins-moi son désespoir.

IPHIS.

De ses fureurs la Grèce entière est alarmée;
Son désespoir a fait trembler toute l'armée.
A peine Agamemnon, qui recueillait les voix,
A la honte des Grecs eut déclaré leur choix,
Qu'Ajax, impatient de venger son outrage,
S'élance en frémissant de douleur et de rage,
Aux yeux de tous nos rois que l'horreur a glacé;
Ulysse tombe aussitôt à ses pieds renversé :
On dit que dans ses flancs sa main désespérée
Portait à l'instant même une mort assurée,
Si le sage Teucer, compagnon de ses pas,
Qui marche à ses côtés dans l'horreur des combats,
Son frère, son ami que révère la Grèce,
Qui joint à la valeur la plus haute sagesse,
Si Teucer se jetant au-devant de ses coups,
N'eût dérobé le traître à son juste courroux :
Teucer veut l'embrasser et calmer sa colère;
Mais en criant vengeance, Ajax frappe son frère.

Le repousse à jamais, en attestant les Dieux
Qu'il mourra de sa main s'il paraît à ses yeux.

TÉCMESSE.

Un frère qu'il chérit dès la plus tendre enfance.

IPHIS.

Accablé de douleur il s'éloigne en silence.
D'un cri terrible Ajax rassemble ses soldats ;
Il ne reconnaît plus d'autre loi que son bras :
Agamemnon gémit, et son peuple en alarmes
Attend dans la terreur et se tient sous les armes.

TÉCMESSE.

Il osera donc seul attaquer tant de rois !
Quelle aveugle fureur ? N'entends-je pas sa voix ?
On vient ; c'est lui. Mon sang dans mes veines se glace.

IPHIS.

Madame, c'est à vous d'enchaîner son audace,
D'arrêter ce torrent, d'empêcher nos malheurs.

TÉCMESSE.

Oserai-je à ses yeux faire parler mes pleurs ?
Et sur ce fier guerrier que l'honneur seul enflamme,
Que peuvent la douleur et les cris d'une femme ?

SCÈNE IV.

AJAX, IPHIS, TECMESSE, SALAMINIENS.

AJAX.

BRAVES Salaminiens, voyez l'horrible affront
Qu'un vil peuple voudrait imprimer à mon front.
De tant d'heureux exploits voilà donc le salaire !
C'est mon lâche rival que la Grèce préfère :
Ulysse a remporté le prix de mes travaux,

L'objet de tous mes vœux, les armes d'un héros;
Qui portaient dans ses mains une mort assurée.
Jour de honte et d'opprobre ! Achille ! ombre sacrée !
On ravit ton armure à mes vaillantes mains
Pour la livrer en proie au dernier des humains.
Et ce jour qui nous luit éclaire encor le traître !
Il respire, il triomphe, il me brave, peut-être.
Amis, guerriers, héros, témoins de ma douleur,
Servez mon désespoir, secondez ma fureur;
D'un vil époux c'est trop embrasser la querelle;
Vous ne poursuivez plus une femme infidelle :
Vos bras sont en ce jour armés pour votre roi;
Braves Salaminiens, vous combattez pour moi,
Pour venger mon honneur et la cendre d'Achille.
D'un indigne rival courons forcer l'asile;
Qu'il tombe, qu'il expire entouré de vingt rois,
De vingt peuples armés pour défendre ses droits;
Dans leur sang hâtons-nous de laver mon outrage,
Que ces peuples ingrats éprouvent mon courage,
Et que leur camp rempli de carnage et de morts,
De ma juste vengeance épouvante ces bords.
Marchons,....

TECMESSE.

Ajax, Ajax, ton épouse tremblante
Implore ta pitié d'une voix suppliante :
Daigne m'entendre; écoute, appaise ton courroux.

AJAX.

Quelle audace ! fuyez, fuyez ! Que cherchez-vous
Au milieu des combats, parmi le bruit des armes?

TECMESSE.

Pardonne à ma tendresse, à ma crainte, à mes larmes.

AJAX.

Osez-vous me montrer ces honteuses terreurs?
Voulez-vous essayer le pouvoir de vos pleurs?
Et pourriez-vous enfin, quelque soit ma tendresse,
Du cœur de votre époux attendre une faiblesse?

TECMESSE.

Non, je le sais, ma voix mourante, mon trépas
Ne pourraient t'arrêter ni désarmer ton bras.
Qui, moi? moi te fléchir? oserais-je y prétendre?
Je n'ai reçu du ciel que l'amour le plus tendre:
Cet empire si doux que donne la beauté,
Mon cœur dans tes liens ne l'a jamais goûté.
À ce triomphe heureux ne crois pas que j'aspire;
Mais pour toi seul, enfin, quand Tecmesse respire,
Permets à son amour de t'exposer ses vœux:
Mon cœur est accablé de présages affreux;
Je crois te voir sans cesse à ton heure dernière
Luttant contre la mort qui ferme ta paupière;
Tu soulèves sur moi tes yeux appesantis,
Tu me serres la main, tu me nommes ton fils.
De ce cruel tableau mon ame est obsédée.

AJAX.

Chassez de votre esprit cette importune idée.

TECMESSE.

Et pour accroître encor l'horreur de mes tourmens,
Les Dieux ont rejeté mes dons et mon encens:
Au temple, ce matin, j'implorais leur clémence;
Du bûcher qui s'allume un monstre affreux s'élance,
Il tombe sur l'autel à mes yeux éplorés,
Renverse les flambeaux et les vases sacrés,
Et s'enfuit en poussant des hurlemens horribles.
Du céleste courroux quels signes plus terribles?

Où vas-tu, cher époux? demeure. Hélas, crois-moi,
Les hommes et les Dieux sont armés contre toi.

AJAX.

Un prestige, un vain bruit suffit pour vous abattre?

TECMESSE.

Quels sont les ennemis que ton bras va combattre?
Tu veux seul attaquer et vaincre tous nos rois?

AJAX.

Je veux les punir tous et rentrer dans mes droits;
Et ne m'accusez point de mépriser vos charmes;
Non, je ne fus jamais insensible à vos larmes:
Dans ce moment affreux de vengeance et d'horreur,
Si dans mon sein brûlant j'ai dompté la fureur;
Si j'ai pu me forcer, Tecmesse, à vous entendre,
C'est vous donner d'amour une marque assez tendre.
Allez, retirez-vous.

TECMESSE.

Non, je ne te quitte pas;
Rien ne peut en ce jour t'arracher de mes bras.
Il me repousse, ô ciel!

AJAX.

Votre audace m'étonne!

TECMESSE.

Ajax! ah! prends pitié....

AJAX.

Sortez, je vous l'ordonne.

TECMESSE.

Tu le veux! c'en est fait, je pars, je t'obéis;
Mais daigne encor d'un mot rassurer mes esprits:
Parmi tous ces guerriers armés pour ta querelle,
Je cherche ce héros, ami tendre et fidèle,
Le généreux Teucer, ton frère, ton appui,

Le digne compagnon de tes exploits.

AJAX.

Qui ? lui

Mon frère ? il ne l'est plus... Ah ! j'en frémis : le traître
A mes yeux indignés s'il ose reparaître,
Oui, ce bras....

SCENE V.

AJAX, TECMESSE, IPHIS, SALAMINIENS,
TEUCER.

TEUCER.

Me voilà : frappe ; assouvis ta fureur.

AJAX.

Oses-tu me braver ?

TEUCER.

Frappe, voilà mon cœur.

AJAX.

Perfide...

TECMESSE *arrêtant Ajax.*

Cher époux !

TEUCER.

Suis ta brutale envie ;
Je t'ai sauvé l'honneur, arrache-moi la vie.

AJAX.

Ote-toi de mes yeux, traître ; crains mon courroux.

TEUCER.

Non, non, je sais mourir, et je brave tes coups.

AJAX.

Sans toi j'étais vengé.

TEUCER.

Par un meurtre exécrable :

Tu n'es que malheureux, tu te rendais coupable.
Quel horrible attentat! quel crime, juste ciel!
Oui, ton bras dans ses flancs portait le coup mortel :
De mon corps tout entier j'ai couvert la victime ;
Je m'expose à la mort pour t'épargner un crime :
Et tu peux m'accuser, ingrat, de trahison ?
Ah! bannis de ton cœur cet odieux soupçon ;
Reconnais ton ami.... Tu détournes la vue ?

AJAX.

Trop généreux Teucer!... Que mon ame est émue!

TEUCER.

Ciel! que vois-je? est-ce toi, toi qui verses des pleurs?
Que ces pleurs, cher Ajax, ont pour moi de douceurs!
Va, j'ai tout oublié; viens dans mes bras.

AJAX.

Mon frère!

TECMESSE.

Dieux puissans! protégez leur union sincère!

AJAX.

De quelle trahison je soupçonnais ton cœur !
Mon frère, tu connais l'excès de mon malheur ;
Pardonne à mes transports, à ma douleur extrême :
Infortuné, mon sort te fait frémir toi-même ;
Mais vois, vois ces guerriers à vaincre accoutumés,
C'est pour venger mes droits que leurs bras sont armés ;
Vois briller sur leur front l'ardeur qui les anime ;
Ma vengeance n'est plus, Teucer, le fruit du crime ;
Elle devient le prix des plus nobles exploits ;
De la valeur le fer établira les droits.
Viens, suis-moi; hâtons-nous; volons à la victoire.
Tu balances ?

TEUCER.

Ton cœur sans doute aime la gloire?

AJAX.

Si je l'aime, grands Dieux!... Mais que faut-il tenter?
Parle.

TEUCER.

Tu ne pourras jamais l'exécuter.

AJAX.

Qui? moi!

TEUCER.

Toi-même... Il faut...

AJAX.

Romps ce lâche silence.

TEUCER.

Il faut dans ta grande ame étouffer la vengeance.

AJAX.

Barbare, il est donc vrai que tu veux me trahir!
Mais, va, sans ton secours je puis vaincre ou mourir.
Venez, braves soldats.

TEUCER.

Arrête, téméraire!
Tu rejettes mes soins, tu méconnais ton frère!
Mais avant d'accomplir tes projets furieux,
Tu dois verser mon sang, l'épuiser en ces lieux;
Et mes derniers soupirs te feront mieux comprendre
L'excès de ces fureurs dont je veux te défendre.

AJAX.

O ciel! peut-on blâmer de si justes transports?

TEUCER.

Tu ne peux te venger sans honte et sans remords.
Ouvre les yeux, enfin : quelle est ta barbarie?
Que devient dans ton cœur l'amour de ta patrie?

AJAX.

Elle a trop mérité ma haine et mon courroux.

TEUCER.

Ainsi, tu veux sur elle appesantir tes coups,
Et de tes propres mains déchirer ses entrailles !
La perfide Ilion, du haut de ses murailles,
Te verra donc couvert d'un sang si précieux,
De tes noires fureurs rendra graces aux Dieux,
Et remplissant les airs de ses chants d'allégresse,
Ses cris insulteront aux malheurs de la Grèce.
Pourras-tu soutenir ce tableau plein d'horreur ?

AJAX.

Oui, ce spectacle affreux consolera mon cœur ;
Je jouirai des maux d'une ingrate patrie.
Insensé ! je l'aimais avec idolâtrie ;
Les veilles, les travaux, l'inclémence des airs,
Les feux brûlans du jour, les glaces des hivers,
Rien n'a pu ralentir mon zèle infatigable ;
Les dangers ranimaient mon courage indomptable :
Des Troyens furieux j'ai bravé les assauts ;
J'ai défendu ce camp, ces tentes, ces vaisseaux,
Et tous ces rois auteurs de mon sanglant outrage.
On m'a vu mille fois dans l'horreur du carnage,
Les arracher aux bras d'un vainqueur frémissant,
Et pour sauver leurs jours épuiser tout mon sang :
Tout mon corps est couvert d'affreuses cicatrices ;
Et voilà donc, ingrats, le prix de mes services !
On me préfère un lâche à la fraude exercé,
Qui pour fuir les combats feignit d'être insensé,
Qui n'est célèbre enfin que par sa perfidie ;
On verse sur mes jours l'opprobre et l'infamie.
Et toi, toi qui devrais partager ma douleur,

Traître, de mes affronts paisible spectateur,
Tu prétends t'opposer à ma juste vengeance !
Fuis de mes yeux, perfide, ou songe à ta défense.
Si les liens du sang ne retenaient mon bras....

TEUCER.

Tu veux combattre ? viens, marchons, je suis tes pas ;
Je te suis en pleurant ma faiblesse et ton crime.
Tu frémiras un jour du courroux qui t'anime.

AJAX.

C'est aux Grecs à frémir, eux qui m'ont outragé.

TEUCER.

Je t'ai cru généreux.

AJAX.

Je dois être vengé.

TEUCER.

La gloire le défend.

AJAX.

C'est elle qui l'ordonne.

TEUCER.

L'homme en fureur se venge, et le héros pardonne.

AJAX.

Non, cruel, non, jamais.

TEUCER.

Dans ton cœur éperdu,
Je t'en conjure, Ajax, rappelle ta vertu ;
De la tendre amitié reconnais le langage.
Souviens-toi qu'autrefois sur ce même rivage,
Le fils des Dieux versa des pleurs pour un affront ;
Et dis-moi, ce héros si bouillant et si prompt
A-t-il jamais conçu la trop coupable envie
De porter le ravage au sein de sa patrie ?

AJAX.

Achille de mon sort n'éprouva point l'horreur ;

On ne lui ravit point le prix de sa valeur.
Ah! si l'on eût osé...

TEUCER.

Sans pitié, dans sa tente,
A ses yeux, on osa lui ravir son amante ;
Du fier Agamemnon les ordres tout puissans
La firent arracher de ses bras triomphans.
Quel affront plus cruel! quelle perte plus chère!
Achille réprima sa bouillante colère.
Si la douleur long-tems suspendit ses travaux,
Tente un plus noble effort, Ajax, fuis le repos;
De ta gloire accablé qu'Agamemnon gémisse;
Que les Grecs étonnés pleurent leur injustice :
C'est ainsi qu'il est beau de punir des ingrats.

AJAX.

Ah! quelle est ton erreur, Teucer; ne vois-tu pas
Que mon destin est d'être accablé par l'envie ;
Qu'on voudrait m'arracher et l'honneur et la vie;
Que mes succès sans cesse irritant mes rivaux,
N'attireront sur moi que des affronts nouveaux?
Viens, viens, des flots de sang, la mort, l'affreux ravage.
Que dis-je? où vais-je? O honte! ô crime! aveugle rage!...
Mais, quoi! rien ne peut donc réparer mon malheur?
Et ma vengeance enfin comble mon déshonneur!
Quel affreux désespoir de mon ame s'empare!
Teucer, Teucer, je sens que ma raison s'égare.
J'osais, ivre de gloire, espérer des autels,
Et je rampe au-dessous du plus vil des mortels.
Où fuir? où me cacher? quel autre solitaire....
Ne puis-je m'enfoncer au centre de la terre?
Fuyons.

TEUCER.

Non, non, demeure, Ajax.

AJAX.

Ajax n'est plus.

TEUCER.

Mon frère!

TECMESSE.

Cher époux!

AJAX.

Vos soins sont superflus;
Ils redoublent ma rage et ma douleur extrême.
Je déteste le jour; je m'abhorre moi-même...
Dans l'horreur des déserts, dans leurs antres profonds,
Je cours ensevelir ma honte et mes affronts,
Dévorer ma douleur, et fuyant la lumière,
Me dérober aux yeux de la nature entière.

TECMESSE.

Il m'abandonne! il fuit; en quel état, hélas!

TEUCER.

Hâtons-nous, chers amis; venez, suivons ses pas:
Puissent tous mes efforts le rendre à la patrie,
Ou le sauver du moins de sa propre furie!

FIN DU PREMIER ACTE.

~~~~~~~~~~~~~~~~~~~~~~~~~~~~~~~~~~~~~

ACTE SECOND.

SCENE PREMIERE.

AGAMEMNON, TEUCER.

AGAMEMNON.

AJAX, vous le voyez, foule aux pieds tous les droits;
Insulte à mon pouvoir, brave le roi des rois.
Je devrais en monarque, armé de ma puissance,
De ses emportemens réprimer l'insolence.
Sous ses coups furieux, sans vos nobles secours,
Ulysse en ma présence eût terminé ses jours.
Je l'ai vu, dans l'accès d'une jalouse rage,
De ses cris menaçans appeler le carnage,
Déployer ses drapeaux, soulever ses soldats,
Et provoquer la Grèce aux plus affreux combats.
Vous avez su, Teucer, enchaîner son audace;
Votre rare prudence a mérité sa grace.
Achevez. Ah! c'est peu d'appaiser sa fureur,
Il faut d'un nouveau zèle embraser tout son cœur.
Troie entière ose enfin sortir de ses murailles;
Ce jour doit éclairer de sanglantes batailles;
Faites que ce héros, le soutien de l'état,
Par de nouveaux lauriers couvre son attentat;
Dans les champs phrygiens que sa main les moissonne:
Son prince, à son retour, l'embrasse et lui pardonne.

TEUCER.

Rare et sublime effort de générosité !
Modérez cependant cet excès de bonté :
A l'instant même Ajax va quitter ce rivage ;
Heureux, trois fois heureux, si les vents et l'orage,
Avant que d'y mouiller abîmant nos vaisseaux,
Nous eussent pour jamais engloutis sous les eaux!

AGAMEMNON.

Teucer, que dites-vous ?

TEUCER.

Accablé de tristesse,
Ajax m'attend, seigneur; souffrez que je vous laisse.

AGAMEMNON.

Quoi! vous fuyez ensemble? Ajax quitte ces bords?
Ah! pour le retenir unissons nos efforts.
Vous ne répondez point? Hé quoi ! la destinée
Me livre d'Ilion la fatale journée;
Voici l'instant de voir mes travaux couronnés;
La victoire m'appelle, et vous m'abandonnez!

TEUCER.

Pouvez-vous regretter un secours inutile?
Vous allez aux combats conduire un autre Achille;
Ulysse si connu par ses nombreux exploits...

AGAMEMNON.

Cessez, Teucer, cessez d'insulter à mon choix;
Quel que soit le vainqueur, dans son triomphe même,
Vous devez respecter la volonté suprême.

TEUCER.

Seigneur, d'un seul regard, le Dieu de l'univers
Peut ébranler l'Olympe et la terre et les mers;
Mais qui pourra jamais consacrer l'injustice,
Et forcer un grand cœur de s'en rendre complice?

AGAMEMNON.

Des princes assemblés j'ai recueilli les voix;
Leurs suffrages nombreux ont consacré ce choix.
Osez-vous le blâmer?

TEUCER.

Osez-vous le défendre?
Ajax, à cet affront, doit-il encor s'attendre?
Vous citez contre lui des juges corrompus,
De vos Grecs avilis les suffrages vendus,
Le cri de ses rivaux, dont la jalouse rage
Triomphe d'accabler son superbe courage.
Quelle honte! Ah! seigneur, à leurs lâches complots
Avez-vous pu livrer les destins d'un héros,
Et permettre qu'en proie à des trames si noires,
Il succombe en ces lieux tout pleins de ses victoires?
Tout les retrace en foule à ces bords désolés;
De ses vaillans assauts ces murs sont ébranlés;
Sur le sein d'Ilion, de ses mains triomphantes,
Ajax a renversé ces ruines sanglantes.
Voilà le champ fameux où sa haute valeur,
Des héros de l'Asie a moissonné la fleur:
C'est aux pieds de ces murs que sa force indomptable
D'Hector même épuisa l'ardeur infatigable:
Ici, d'un roc affreux que son bras a lancé,
Au milieu du carnage Hector fut terrassé;
On le crut à jamais privé de la lumière.
C'est là qu'Ajax enfin sauva la Grèce entière;
Lorsque Troie en fureur vint jusqu'au bord des eaux,
Le fer, la flamme en main embraser nos vaisseaux,
Lui seul sut rallier vos troupes fugitives
Et forcer les Troyens d'abandonner ces rives.
Partout où vous daigniez arrêter vos regards,

Votre camp, vos vaisseaux, ces plaines, ces remparts,
De votre choix tout semble accuser l'injustice;
Tout reproche à vos yeux le triomphe d'Ulysse,
D'un lâche qui de Mars fuit les nobles travaux,
Qui voulant s'exempter de suivre vos drapeaux,
(A quels pièges honteux sa fourbe est exercée!)
Du délire affecta la fureur insensée.
Les Grecs depuis dix ans livrent d'affreux combats;
Quels exploits cependant ont signalé son bras?
Ne s'est-il pas acquis une gloire éclatante
En égorgeant Rhésus endormi dans sa tente!
Mais si depuis dix ans qu'il fuit devant Hector,
Le lâche aux traits d'Achille ose aspirer encor,
Qu'il prouve en combattant qu'il en sait faire usage;
Aujourd'hui même Ajax, défiant son courage:
« Qu'on les lance, dit-il, dans les rangs ennemis,
Et qu'ils soient du vainqueur la conquête et le prix. »
Ce défi si terrible a fait trembler Ulysse,
Et n'a pu l'emporter sur son lâche artifice;
Du plus vaillant des Grecs vous le nommez vainqueur;
Vos mains l'ont couronné; qu'il triomphe, seigneur.
Ajax dans les combats ne veut plus reparaître;
Privé de ses secours, vous apprendrez peut-être
Que la justice même est au-dessus des rois,
Et qu'ils seront punis d'attenter à ses droits.

AGAMEMNON.

Dans vos discours hardis la sagesse respire,
Teucer; de la raison je reconnais l'empire;
Ajax a de mon rang dédaigné la splendeur;
Les Grecs, pour l'en punir, dépriment sa valeur;
Mais je puis réparer leur cruelle injustice,
Et lui faire oublier la victoire d'Ulysse:

De ses fameux exploits qu'il poursuive le cours ;
Je jure, que sensible à ses nobles secours,
De tant d'honneurs, Teucer, je comblerai sa vie,
Que son sort désormais sera digne d'envie.
Allez de mes desseins informer ce héros,
Et revenez tous deux vaincre sous mes drapeaux.

SCÈNE II.

TEUCER, seul.

Ton orgueil a cédé, fier et superbe Atride :
Tu n'as pu soutenir mon regard intrépide ;
Et ma voix qu'enflammait l'auguste vérité,
A soutenu les droits de la sainte équité.
A la valeur d'Ajax forcé de rendre hommage,
Répare maintenant ta honte et son outrage ;
Désarme, si tu peux, son trop juste courroux.

SCENE III.

TEUCER, TECMESSE.

TECMESSE.
Ah ! Teucer, sauvez-moi.

TEUCER.
De qui ?

TECMESSE.
De mon époux.

TEUCER.
Quel trouble vous égare !

TECMESSE.
A peine je respire ;

Il me poursuit, il court plein d'un affreux délire.

TEUCER.

Non, je le vois; il suit des chemins écartés :
Je vole sur ses pas, et bientôt....

TECMESSE.

Arrêtez!

Redoutez ses transports; les noires Euménides
Ont soufflé dans son sein leurs fureurs homicides :
Dans cet état affreux tremblez de le revoir.

TEUCER.

J'avais su cependant calmer son désespoir.

TECMESSE.

Impatient de fuir loin des bords qu'il déteste,
C'est vous qu'il accusait d'un retard trop funeste;
Je l'ai vu s'enflammer : à ces premiers transports
J'opposais et mes pleurs et mes tendres efforts;
J'osais en l'embrassant l'arroser de mes larmes;
Mais des bras d'une épouse, ô mortelles alarmes!
Il s'arrache soudain plein d'horreur et d'effroi.
« Où suis-je? quel serpent se lie autour de moi?
Dit-il; quel monstre affreux combat pour les Atrides?
L'enfer s'ouvre. Est-ce vous, sanglantes Euménides?
Rentrez, filles du Styx, au gouffre des enfers. »
De ses cris furieux il remplissait les airs.
Irène tremble, fuit, se dérobe à ma vue;
J'accours, et dans vos bras je me jette éperdue;
D'une profonde horreur tous mes sens sont glacés;
Je vois encor, je vois ses cheveux hérissés,
Son front pâle et défait, le délire et la rage,
L'horrible désespoir empreints sur son visage.

TEUCER.

Dieux! quel sera son sort? où porte-t-il ses pas?

TECMESSE.

O Dieux ! dans ce malheur ne l'abandonnez pas !

TEUCER.

A vos larmes, Tecmesse, ils daigneront se rendre ;
Au cœur d'Agamemnon leur voix s'est fait entendre ;
Il reconnaît enfin la honte de son choix :
Il veut venger Ajax et rétablir ses droits,
Et de si grands honneurs combler toute sa vie,
Que son sort désormais sera digne d'envie.

TECMESSE.

Ah ! si vous l'aviez vu, digne objet de pitié,
Son destin désormais peut-il être envié ?
Non, jamais....

TEUCER.

Un moment va calmer cet orage ;
De ses sens égarés il reprendra l'usage :
De son roi je pourrai lui peindre les remords,
Et pour sa gloire encor l'arrêter sur ces bords.
Cependant Troie entière a paru sous les armes ;
Je vous laisse à regret au sein de tant d'alarmes ;
Mais le danger m'appelle, et je vole aux combats.

TECMESSE.

Vous allez pour les Grecs affronter le trépas ?

TEUCER.

Du haut de leurs remparts nos ennemis descendent :
Leurs bataillons nombreux dans les plaines s'étendent ;
Déjà leur joie insulte à nos divisions :
Dois-je attiser le feu de nos dissentions,
Des Troyens seconder l'implacable furie,
Et dans le trouble, enfin, leur livrer ma patrie ?
De tout mon sang plutôt je veux la secourir.
Mon cœur du sort d'Ajax ne cesse de gémir :

Qui plus que moi ressent sa blessure cruelle ?
Mais je vole où l'honneur, où mon devoir m'appelle.
Puissé-je à mon retour consoler sa douleur,
Et rendre l'espérance et le calme à son cœur !

SCÈNE IV.

TECMESSE, IRÈNE.

TECMESSE.

LE mien peut-il encor s'ouvrir à l'espérance ?
Cher époux, je t'appelle et je crains ta présence ;
Je te cherche et te fuis, et mes sens effrayés....
J'entends du bruit ; on vient. Je frissonne...

IRÈNE.

Fuyez !
Ajax vient en ces lieux ; il accourt en furie.
Qu'attendez-vous ?

TECMESSE.

Il vient, et tu veux que je fuie !
Moi te fuir, malheureux !

IRÈNE.

Hélas ! qu'espérez-vous ?

TECMESSE.

Le voir, le consoler, embrasser mon époux ;
Mes caresses pourront adoucir sa colère.

IRÈNE.

Madame, éloignez-vous, respectez sa misère ;
N'exposez point vos jours ; attendez que le tems
Ait dissipé l'horreur qui trouble tous ses sens.

TECMESSE.

Ce rocher nous présente une retraite sûre....
Le voici ; sauvons-nous dans cette grotte obscure.

Viens, nous pourrons du moins dominer sur ces lieux,
Observer tous ses pas et le suivre des yeux.

SCENE V.

TECMESSE, IRÈNE, AJAX.

AJAX.

Je triomphe ! Tremblez, tremblez, cruels Atrides ;
J'ai vu fuir devant moi les fières Euménides ;
Vainqueur, j'ai dans leurs mains éteint leurs noirs flambeaux ;
J'ai su les replonger dans la nuit des tombeaux.
Voyez autour de moi leurs dépouilles sanglantes,
Leurs serpens écrasés et leurs torches fumantes.
Mais que dis-je ? Insensé ! quelle aveugle fureur !
Ces flambeaux, ces serpens sont au fond de mon cœur.
Mes sens sont égarés, ma raison s'est troublée...
O Dieux ! de quels tourmens mon ame est accablée !
Dieux puissans, rendez-moi ma rage et mon transport,
Et sauvez-moi l'horreur de connaître mon sort.
Mais que devient Tecmesse ? hélas ! que fait mon frère ?
Ils n'ont pu soutenir l'aspect de ma misère.
Ah ! si les Grecs m'ont vu dans ce délire affreux !
Si mon lâche rival... Où suis-je ? ah ! malheureux !
Et je pourrais, chargé de tant d'ignominie,
Traîner dans les affronts ma déplorable vie !
Fixons dans ces rochers ce don d'un fier rival,
Ce glaive meurtrier qui dut m'être fatal :
Oui, j'appuierai mon sein sur sa pointe sanglante,
Et l'acier percera ma poitrine expirante.

TECMESSE, *en s'évanouissant dans les bras d'Irène.*
Ajax !

AJAX.

Quelle voix fait tressaillir mon cœur !
J'ai cru ; mais non.... mes sens sont livrés à l'erreur.
Je suis environné de prestiges sans nombre ;
Je ne vois qu'à travers un voile épais et sombre.
Dieux justes, Dieux puissans, témoins de mes malheurs,
Hâtez-vous d'en punir les criminels auteurs !
Dans toute ta colère apprête leur supplice,
O ciel ! Ajax mourant implore ta justice.
Je péris par mes mains ; qu'ils soient donc à leur tour
Immolés par l'objet de leur plus tendre amour ;
Qu'ils sentent le poignard dans une main chérie
S'enfoncer lentement aux sources de leur vie ;
Que mon ombre, présente à ces derniers momens,
Vengée et satisfaite insulte à leurs tourmens !...
C'en est fait ! ô mort, viens, viens fermer ma paupière,
Il faut me séparer de la nature entière.
Salamine ! ô patrie ! ô fortuné séjour !
Athènes, où la gloire attendait mon retour !
Je ne reverrai plus vos campagnes chéries !
Palais de mes ayeux, forêts, fleuves, prairies,
Et vous, mes chers amis, vous, mes nobles parens,
Recevez mes adieux en ces derniers momens !
Adieu, Salaminiens, peuple brave et fidèle,
Ajax va se plonger dans la nuit éternelle.

TECMESSE.

Arrête, malheureux ! quel aveugle courroux....
Arrête ! au nom du ciel je m'oppose à tes coups :
Le ciel te rend ta gloire, il veut sauver ta vie ;
Non, tu ne mourras point victime de l'envie.
La justice enfin parle au cœur du roi des rois ;
Agamemnon confus a rougi de son choix.

AJAX.

Que m'importent sa honte et ce remords stérile ?
Je suis privé des traits et des armes d'Achille.

TECMESSE.

Mais, de tout son pouvoir réparant son erreur,
De ses dons glorieux honorant ta valeur.....

AJAX.

Ses dons seraient pour moi le comble de l'outrage.
Est-ce à lui désormais d'honorer le courage ?
D'un roi sans équité la faveur avilit :
Qui peut la rechercher lorsqu'Ulysse en jouit ?
Avec le traître Ulysse, oubliant tant d'offenses,
Ajax partagerait ses viles récompenses !
Ah ! je sens dans mon sein renaître mes fureurs !
Je frémis ! C'en est trop, terminons tant d'horreurs,
Et sur le fer d'Hector...

TECMESSE.

En ces lieux, à ma vue,
Cruel, et sans pitié d'une épouse éperdue !

AJAX.

Ah ! faut-il prolonger de si cruels tourmens ?

TECMESSE.

Rien ne peut donc calmer les maux que tu ressens ?
Tu veux mourir ; hé bien, nous périrons ensemble :
Oui, frappe, et que la mort à jamais nous rassemble :
Le plus affreux trépas m'inspire moins d'effroi
Que l'horreur de te perdre et de vivre sans toi.

AJAX.

O douloureux momens ! ô fatale journée !
Tecmesse, rien ne peut changer ma destinée :
N'accablez point un cœur vainement combattu ;
Je veux jusqu'au tombeau conserver ma vertu.

TECMESSE.

Et tu la mets, barbare, à t'arracher la vie!
Ajax, tourne les yeux vers ta chère patrie:
Vois tes parens en pleurs, ton peuple désolé,
Le trône qui t'attend par ta chute ébranlé;
Un père sans espoir, une mère éplorée,
Maudissant de leurs jours la trop longue durée,
Et remplissant les airs de lamentables cris;
Songe à tant de malheurs qui menacent ton fils:
Seuls, sans secours, au sein d'une terre étrangère,
Tu veux abandonner et le fils et la mère.
Ah! cruel!... Et c'est vous qui comblez mes revers!
Quel est mon crime? esclave autrefois dans vos fers,
Aujourd'hui votre épouse, à vos destins unie,
Je vous ai consacré ma tendresse, ma vie.
Vous avez tout détruit dans les champs phrygiens;
Le fer a moissonné mon père et tous les miens;
Ma mère, dans mes bras, finit sa destinée;
Je n'ai plus que vous seul au monde. Infortunée!
Patrie, amis, parens, tous les noms les plus doux,
Tout ce que j'ai perdu je le trouvais en vous;
Et sur vous-même enfin portant le coup funeste,
Vous voulez me ravir le seul bien qui me reste....
Si ton cœur a conçu cet horrible dessein,
Parle.... ce glaive affreux va passer dans mon sein.
Tu le vois... je n'attends qu'un seul mot de ta bouche.
Prononce... Tu frémis!... Oui, mon malheur te touche;
Laisse-toi donc fléchir; j'embrasse tes genoux.
Ajax...

AJAX.

Infortuné! Tecmesse, levez-vous.
Si mon destin le veut, si je cesse de vivre,

Songez bien quel devoir vous défend de me suivre :
Abandonnerez-vous le fruit de nos amours ?
Non, vivez pour mon fils, et conservez ses jours.
Hâtez-vous de quitter ce funeste rivage ;
N'attendez point Teucer dont la lenteur m'outrage.
Que fait-il loin de nous en ces momens affreux ?

TECMESSE.

Ton frère... hélas ! c'est lui dont le cœur généreux
Bravant l'orgueil d'Atride, éclairant sa justice,
L'a forcé de rougir du triomphe d'Ulysse ;
De Troie en ce moment repoussant les assauts...

AJAX.

Quoi ! de la Grèce encor Teucer suit les drapeaux ?

TECMESSE.

Il combat plein d'ardeur, sûr qu'après la victoire
Atride et tous les Grecs vont rétablir ta gloire.

AJAX.

Ah ! quelle est son erreur ! par quels moyens jamais
Pourront-ils réparer les affronts qu'ils m'ont faits ?
Trop généreux Teucer, je reconnais ton zèle ;
Mais quel espoir trompeur !

SCÈNE VI.

AJAX, TECMESSE, IRENE, DIOMÈDE.

DIOMÈDE.

Ajax !

AJAX.

Eh ! qui m'appelle ?

TECMESSE.

Diomède blessé, porté par ses soldats.

DIOMÈDE.

Nos peuples sont vaincus : c'en est fait si ton bras
De nos fiers ennemis n'arrête la furie.
Arme ce bras vainqueur ; sauve encor la patrie :
La Grèce, par ma voix, implore ton secours.

AJAX.

C'est à moi, justes Dieux, que les Grecs ont recours ?
Perfides ! osez-vous soutenir ma présence ?

DIOMÈDE.

Ton cœur ne sait-il point pardonner une offense ?

AJAX.

Oublier tant d'affronts !

DIOMÈDE.

      La Grèce est en danger.

AJAX.

La Grèce va périr ; le ciel doit me venger.

DIOMÈDE.

O Dieux !

AJAX.

    Traître !

DIOMÈDE.

      Poursuis ; accable-moi d'injures,
Brave un guerrier sans force et couvert de blessures.

AJAX.

Que ne puis-je expirer percé des mêmes coups !
De ces coups glorieux que mon cœur est jaloux !
Mais, fuis, fuis, ta présence est un nouvel outrage.

DIOMÈDE.

Je dois à ton malheur d'excuser ce langage ;
Mais, dis-moi, quel espoir te reste-il ?

AJAX.

      La mort.

Vois-tu ce fer tout prêt à terminer mon sort ?

DIOMÈDE.

Malheureux ! que je plains la fureur qui t'égare !

AJAX.

Cesse de m'outrager. Retire-toi, barbare ;
Va parer mon rival du prix de mes travaux.

DIOMÈDE.

Me mets-tu donc au rang de tes lâches rivaux ?

AJAX.

Tes yeux n'ont-ils pas vu le triomphe d'Ulysse ?

DIOMÈDE.

Mon cœur en a gémi.

AJAX.

Ton cœur en est complice ;
Ma gloire t'affligeait : elle eût fait ton malheur.
Tu jouis de mes maux, perfide.

DIOMÈDE.

Quelle horreur !
Peux-tu me soupçonner d'une telle infamie ?
Le cœur de Diomède est-il fait pour l'envie ?
Non, crois-moi, ta valeur animant mes efforts,
Ne m'inspira jamais que de nobles transports :
Tel s'enflammait jadis ton cœur brûlant de gloire
Lorsqu'Achille à tes yeux enchaînait la victoire ;
Terrible, et tout couvert de sang et de lauriers,
Tu nommais ce héros le plus grand des guerriers.
Ainsi, je révérais tes vertus et ton zèle :
J'ai porté jusqu'aux cieux ta valeur immortelle.
M'a-t-on vu dans ce jour attenter à tes droits ?
Ai-je osé disputer le prix de tes exploits ?
Aux yeux d'un peuple entier j'ai su leur rendre hommage ;
Que dis-je ? quand j'ai vu dépouiller ton courage,

3

Lorsque foulant aux pieds tes titres glorieux,
Ulysse a remporté les traits du fils des Dieux;
Lorsqu'il a profané ses immortelles armes,
La honte et le regret m'ont arraché des larmes.

AJAX.

Noble vainqueur de Mars, tes pleurs sont d'un héros!
Mais tu veux que mon bras s'arme pour mes rivaux;
Moi, j'irais secourir Ulysse et les Atrides;
Je défendrais ces rois et ces peuples perfides
Qui me livrent eux-même au plus affreux trépas?

DIOMÈDE.

Sauve, sauve les Grecs.

AJAX.

Périssent les ingrats.

DIOMÈDE.

Si tu chéris la gloire...

AJAX.

Ils ont flétri ma vie,
Et mon front est marqué du sceau de l'infamie.

DIOMÈDE.

Ah! quelle est ton erreur! un injuste refus
Effacerait trente ans de gloire et de vertus :
Non; d'un indigne choix que la Grèce rougisse.
Qu'importe à ton grand cœur le vil succès d'Ulysse;
D'un triomphe honteux ose-t-il se vanter?
Il a su l'obtenir, tu l'as su mériter :
L'injustice t'enlève un superbe héritage;
Mais qui peut te ravir ta force, ton courage,
Anéantir ton nom, tes glorieux exploits,
Et de la Renommée étouffer les cent voix?
Intrépide héros, suis ta noble carrière,

Et ta gloire à jamais te reste toute entière ;
Rien ne peut la flétrir qu'un lâche désespoir :
Calme de vains regrets, et songe à ton devoir.
Tu méprisais jadis la colère d'Achille ;
Tu t'indignais de voir sa valeur inutile ;
Et plus farouche, aux Grecs refusant tes secours,
Tu veux dans ta fureur attenter à tes jours.
Quoi ! ce fameux guerrier, la terreur de l'Asie,
Languissant abattu sous les coups de l'envie,
Lui-même de ses mains perçant son propre cœur,
Sous ce feuillage obscur périrait sans honneur !
Non, non, braves amis ; donnez-moi cette épée,
C'est dans le sang Troyen qu'elle sera trempée.
Tiens, prends ce fer.

AJAX.

Quoi !

DIOMÈDE.

Prends, et ne balance plus ;
Chaque moment, Ajax, est fatal aux vaincus :
Vas combattre, cours, vole.

AJAX.

Ote-moi donc ma rage,
Apprends-moi l'art affreux d'endurer un outrage ;
Eteins, éteins ma haine, étouffe mes transports.
Je ne puis sans frémir envisager ces bords
Où je rampe écrasé sous le poids de ma honte.
Rends ce fer à mes mains, que la mort la plus prompte
Me délivre à jamais de l'horreur qui me suit.
Oui, l'air que je respire et le jour qui me luit,
Ces tentes, ces vaisseaux, tes blessures, ta vue,
Tout aigrit dans mon sein le poison qui me tue.

DIOMÈDE.

Ainsi donc renonçant aux devoirs, aux vertus,
A ta patrie enfin...

AJAX.

Je ne la connais plus,
Je l'abhorre ; l'aspect des noires Euménides
M'est encor moins fatal que celui des Atrides ;
Rien n'égale à mes yeux l'horreur de les revoir,
Puissent-ils, comme moi, livrés au désespoir,
Mourir dans les tourmens d'une longue blessure ;
Puissent leurs corps sanglans...

DIOMÈDE.

Ah! qu'est-ce que j'endure?
Non, Jupiter n'est point au rang de tes ayeux ;
Non, tu n'es point le sang des héros et des Dieux :
Un tigre t'a formé dans quelqu'antre sauvage,
A ton cœur implacable il a transmis sa rage.

(*Il jette le fer aux pieds d'Ajax.*)

Perce tes propres flancs, va, donne-toi la mort ;
Tu n'es qu'un furieux, tu mérites ton sort.
Allons, braves soldats, mourir pour la patrie ;
Je vendrai cher encor les restes de ma vie.

SCÈNE VII.

AJAX, *seul.*

J'AI mérité la mort ; je suis un furieux ;
Je devrais secourir mes rivaux odieux :
On blâme mes transports ; ma douleur est un crime.
Puis-je donc réprimer la fureur qui m'anime?
Mais, que vois-je ?

SCÈNE VIII.

AJAX, TECMESSE, IPHIS, Salaminiens.

AJAX.

C'est vous, braves Salaminiens?

IPHIS.

Tout succombe, tout cède aux efforts des Troyens;
Nos remparts écroulés leur livrent un passage;
Jusques aux bords des mers ils portent le ravage :
Nos rois sont tous vaincus; Diomède est blessé :
Teucer sur la poussière à l'instant renversé...

AJAX.

Teucer! mon frère en proie au vainqueur en furie!
Et je livre à-la-fois mon frère et ma patrie!
Ah! je veux les sauver; il en est tems encor.
Allons, chaque Troyen fût-il un autre Hector,
Courons, braves amis, que rien ne nous arrête;
Au milieu des dangers je marche à votre tête :
Le péril est affreux; il est digne de moi.
Soutenez en ce jour l'honneur de votre roi :
Poursuivons les Troyens jusqu'au sein de leur ville...
Ah! si j'avais la lance et les armes d'Achille!

FIN DU DEUXIÈME ACTE.

~~~~~~

ACTE TROISIÈME.

—

SCÈNE PREMIERE.

TECMESSE, IRÈNE.

IRÈNE.

Quoi ! rien ne peut tarir la source de vos pleurs ?
Et votre esprit fécond à créer des malheurs
Ne présente à vos yeux qu'un avenir funeste ;
Mais pourquoi les fermer sur l'espoir qui vous reste ?
Les Dieux, vous le voyez, protègent votre époux ;
Vos soins et votre amour ont calmé son courroux ;
Vous rendez ce héros à lui-même, à sa gloire ;
Il combat, il triomphe.

TECMESSE.

Hélas ! puis-je le croire !
Et dans l'égarement qui trouble ses esprits,
Pourra-t-il échapper à des flots d'ennemis,
Repousser presque seul une armée innombrable
Que le succès enivre et rend plus redoutable ?

IRÈNE.

Le sort même a réglé ce terrible combat
Pour donner au triomphe un plus brillant éclat.
Mais votre ame sans cesse et s'agite et se trouble...

TECMESSE.

La crainte qui me suit à chaque instant redouble.
Déjà l'astre enflammé penche vers son déclin :

Puis-je encor, cher époux, ignorer ton destin?
Mais, qu'entends-je? quel bruit agite le feuillage?
On vient....

SCÈNE II.

TECMESSE, TEUCER, IRÈNE.

TECMESSE.

C'est vous, Teucer; échappé du carnage,
C'est vous que je revois! Ah! rassurez mon cœur:
Que fait Ajax?

TEUCER.

Madame, il vit, il est vainqueur.

TECMESSE.

Il respire! il triomphe! O joie! ô douce ivresse!

TEUCER.

C'est à lui seul qu'on doit le salut de la Grèce.
De ses affronts sanglans, de sa douleur instruits;
Les Troyens se hâtaient d'en recueillir les fruits:
Ravis de voir enfin sa valeur inutile,
Ils juraient tous, qu'avant de rentrer dans leur ville,
On aurait vu Bellone embrasant nos vaisseaux,
Dans des torrens de sang éteindre ses flambeaux.
De ce fatal espoir Troie entière animée,
Dans les champs phrygiens poursuivait notre armée;
La mort frappait les Grecs fuyant de toutes parts;
Ils s'enferment au sein de leurs vastes remparts;
Mais nos fiers ennemis bannissant toute crainte,
En assiègeant soudain la redoutable enceinte;
Et les uns s'élançaient sur nos retranchemens,
Les autres de nos murs sappaient les fondemens;
Déja le fer en main, leurs terribles cohortes.
Du camp qui retentit avaient brisé les portes.

TECMESSE.

O ciel !

TEUCER.

J'accours, je vois sous leurs coups meurtriers
Tomber à mes côtés nos plus braves guerriers :
Diomède est blessé ; Nestor, Idoménée
Succombent sous les traits du redoutable Enée.
Des soldats dispersés j'excitais la valeur ;
Je repoussais Enée enflammé de fureur,
Lorsqu'Ulysse, tremblant sous les armes d'Achille,
Au fond de son vaisseau court chercher un asile ;
Le traître m'abandonne au milieu des combats,
Et sa fuite honteuse entraîne nos soldats.
Atride en frémissant verse des pleurs de rage ;
Les Troyens furieux s'enivrent de carnage.
Accablé sous le nombre en défendant ces bords,
Pressé de toutes parts, je tombe, et sur mon corps
Antenor appuyant sa lance meurtrière,
Plein d'orgueil insultait à mon heure dernière ;
Du fer mortel enfin j'allais être percé,
Le barbare à mes pieds lui-même est renversé ;
Je vois fuir loin de moi sa cohorte éperdue,
Et tout-à-coup Ajax, ô joie inattendue !
Mon frère encor ému d'un danger si pressant :
« Oui, tu seras vengé, dit-il en m'embrassant ;
C'est pour toi qu'en ce jour Ajax a pris les armes :
Malheur à ces Troyens, auteurs de mes alarmes. »
Il me quitte ; il s'élance au milieu des combats ;
L'épouvante et la mort accompagnent ses pas.
Mais les fils de Priam et le vaillant Enée
Raniment des Troyens la foule consternée.
« Frappez ; lancez vos traits ; la victoire est à vous :

Achille est mort, Ajax va tomber sous vos coups,
Un seul homme, un mortel est-il si redoutable ? »
Des Troyens réunis la foule impénétrable
Parut en ce moment étonner sa valeur ;
Mais son front, ses regards s'enflamment de fureur :
Il jette un cri pareil au bruit de la tempête,
Et tout-à-coup forçant l'obstacle qui l'arrête,
Au sein de leur armée, et dans leurs rangs pressés,
De traits, de javelots, de lances hérissés,
On le voit tout sanglant se frayer un passage ;
La foudre est moins terrible et fait moins de ravage,
Des bataillons entiers soudain sont renversés ;
Nos ennemis, partout vaincus et dispersés,
Avec des cris affreux abandonnent ces rives ;
Le fer en main, pressant leurs troupes fugitives,
Ajax, accompagné des fiers Salaminiens,
Jusqu'aux portes de Troie immole les Troyens :
Rien ne peut en ce jour ajouter à sa gloire.

TECMESSE.

Quel sera cependant le fruit de sa victoire ?
D'aigrir et d'irriter ses superbes rivaux,
De succomber peut-être à leurs cruels complots.

TEUCER.

Sa victoire, madame, a désarmé l'envie,
Ajax est désormais le dieu de la patrie ;
Le roi des rois, suivi de ses sujets nombreux,
Pour le combler d'honneurs va se rendre en ces lieux.
De cet heureux succès que mon ame est charmée !
Mais le tems presse, Atride assemble son armée ;
Je cours rejoindre enfin nos drapeaux triomphans,
Et hâter, s'il se peut, ces glorieux instans.

SCENE III.

TECMESSE, IRÈNE.

TECMESSE.

A son bonheur ainsi désormais tout conspire;
Mon cœur à mes transports peut à peine suffire.
Délicieux instans ! Oh ! qu'il me sera doux
Après tant de malheurs d'embrasser mon époux,
De voir la douce paix succédant aux orages
De son front ténébreux éclaircir les nuages !...
Mais crois-tu qu'en effet dans son cœur offensé,
L'affront le plus sanglant soit sitôt effacé ?
Crois-tu que renonçant à l'armure d'Achille,
Son cœur puisse jouir d'un triomphe stérile ?

IRÈNE.

N'est-il donc pas vengé de ses rivaux honteux ?
L'affront qu'il en reçut est retombé sur eux.
Peuvent-ils démentir la publique allégresse ?
Ajax est en ce jour l'idole de la Grèce :
Et que faut-il de plus pour consoler son cœur ?

TECMESSE.

J'embrasse avec transport un espoir si flatteur.
Grace au ciel, nous touchons au moment plein de charmes
Qui de mon cœur enfin va bannir les alarmes.
Allons, viens; il est tems, les Grecs sont réunis :
Irène, suis mes pas. Que vois-je ? c'est Iphis;
Il vient à nous; il court transporté, hors d'haleine.

SCÈNE IV.

TECMESSE, IRÈNE, IPHIS.

TECMESSE.

Iphis, où courez-vous? quel sujet vous amène?

IPHIS.

Madame...

TECMESSE.

Vous restez interdit, éperdu...
Ajax percé de coups, sur le sable étendu...

IPHIS.

La mort n'a point frappé ce héros invincible,
Jamais il n'a paru plus grand et plus terrible;
Mais la douleur...

TECMESSE.

Hé bien... Achevez.

IPHIS.

J'en frémis.
Le désespoir égare et trouble ses esprits.

TECMESSE.

Qu'entends-je? O jour horrible! Ainsi toute l'armée
De son sort déplorable, Iphis, est informée?

IPHIS.

Non, mes yeux seuls l'ont vu dans ce désordre affreux
Fuir et se perdre au sein de ces bois ténébreux.

TECMESSE.

Dieux puissans, rappelez sa raison égarée!
Mais quel nouveau chagrin dans son ame ulcérée
A donc pu rallumer ses transports pleins d'horreur?

IPHIS.

Des portes d'Ilion il revenait vainqueur;

Ulysse, qui n'osait contempler ce rivage
Quand le fer des Troyens y portait le ravag
Les voyant tous en fuite, effrayés, éperdus,
Aux pieds de leurs remparts poursuivit les vaincus,
Et pour mieux partager l'honneur de leur défaite,
Long-tems après Ajax fit sonner la retraite.
Ajax lance sur lui des regards foudroyans,
Et du bouclier d'or les feux éblouissans,
La splendeur, l'appareil de l'immortelle armure,
Ont rouvert dans son cœur sa profonde blessure.
Il pâlit; il s'écrie : « Ulysse, justes Dieux !
Ulysse ose étaler cette pompe à mes yeux,
Se parer devant moi du prix de mon courage !
Perfide, rien ne peut te sauver de ma rage. »
Le traître fuit soudain, et plus prompts que les vents,
Tous deux à pas pressés ont parcouru ces champs
Où le Scamandre roule à peine une eau tranquille,
Où jadis Hector même a fui devant Achille.
Enfin, tout prêt d'atteindre à l'objet de ses vœux,
Ajax impatient, avide, impétueux,
Etend déjà les bras, et ses mains triomphantes
Touchaient du casque d'or les plumes ondoyantes.
Son rival en frémit; la peur hâte ses pas;
Il jette un cri perçant, il invoque Pallas.
Minerve s'élançant de la voûte azurée,
Lui montre de la main sa retraite assurée
Dans les sombres détours de ces vastes forêts;
Un fossé redoutable en défendait l'accès:
Ulysse le franchit dans sa course rapide,
Ajax tombe frappé de l'immortelle égide.

TECMESSE.

Sort cruel, ah! qui peut concevoir ta rigueur?

IPHIS.

Le héros éperdu se relève en fureur,
S'élance dans le bois. O comble de disgrace !
Du lâche qu'il poursuit il a perdu la trace ;
Une fureur soudaine embrase tous ses sens ;
Il remplit la forêt de ses rugissemens,
Et tantôt il combat contre les Euménides,
Tantôt il croit frapper Ulysse et les Atrides,
Et sur leurs corps sanglans assouvir son courroux.

TECMESSE.

(A part.)　(A Irène.)

Je l'entends... Qu'on me laisse... Iphis, éloignez-vous.

IRÈNE.

Madame...

TECMESSE.

Je le veux.

SCÈNE V.

TECMESSE, AJAX.

TECMESSE.

Il accourt ; c'est lui-même.
Dieux ! je tremble... Que puis-je ?.. on peut tout quand on aime ;
Ma voix, mes tendres soins calmeront ses transports.

AJAX.

Oui, je te poursuivrai jusques aux sombres bords.
Que vois-je ? sous mes pas quel effroyable abîme !
Quel nuage à mes yeux dérobe la victime ?
Ne puis-je découvrir l'objet de ma fureur ?
Quel Dieu daigne à ce traître accorder sa faveur ?
C'est toi : viens, je t'attends, implacable Minerve,
Viens repousser les coups que mon bras lui réserve.
Mais, quoi ! tu disparais ; tu fuis loin de mes yeux !

Fuis, tremble et crains qu'Ajax, à la clarté des cieux,
N'arrache de tes mains ton immortelle égide.

TECMESSE.

Dieux puissans, il vous brave.

AJAX. (*Il renverse Tecmesse.*)

Ah! je te tiens perfide!
Rends-moi, traître, rends-moi le prix de ma valeur :
Qu'en as-tu fait? réponds.

TECMESSE.

Reviens de ton erreur.
Hélas! ne vois-tu point l'objet de ta tendresse?
Ajax, ouvre les yeux, et reconnais Tecmesse.
Est-ce moi, cher époux, que tu veux immoler?

AJAX.

Tecmesse... Où suis-je? ô ciel!... Son sang prêt à couler...
J'allais verser son sang... O victime trop chère,
Pardonne, hélas! et prends pitié de ma misère :
Calme-toi, ne crains rien : je t'implore à genoux;
Regarde sans horreur ton malheureux époux.
Mais d'un effroi mortel tu demeures glacée;
De ta mourante main ma main n'est plus pressée.
Tecmesse, chère épouse!... Ah! je l'appelle en vain.
(*En se relevant.*)
J'ai tardé trop long-tems à finir mon destin.

SCENE VI.

AJAX, TECMESSE, TEUCER.

TEUCER.

Je te retrouve enfin, héros, vainqueur de Troie :
Crois-tu te dérober à la publique joie?
(*Il lui tend les bras.*)

Réponds à nos transports; viens, viens. Quoi! tu me fuis!

AJAX.

Oses-tu m'aborder dans l'état où je suis?
Eh! ne vois-tu donc pas l'horreur qui m'environne?
Tous mes sens sont troublés, la raison m'abandonne.
Je frémis de moi-même.

TEUCER.

Appaise ta fureur;
Les Grecs vont rendre hommage à ta haute valeur.
Quel sombre et noir chagrin t'irrite et te consume?

AJAX.

Au nom seul de tes Grecs ma fureur se rallume...
Que dis-je? un Dieu puissant en arrête le cours;
Je sens que Jupiter me prête son secours;
Ma raison s'affermit, Teucer, mon trouble cesse.
Mais vois ce triste objet; regarde...

TEUCER.

Quoi! Tecmesse...

AJAX.

Oui: prêt à l'immoler, mon aveugle fureur
A rempli tous ses sens d'épouvante et d'horreur:
Rassure ses esprits, et prends soin de sa vie;
Teucer, c'est un dépôt que mon cœur te confie.
Quelle femme jamais fut plus digne d'amour!
Et toi, préviens des Grecs le funeste retour.
Ajax, saisis l'instant où la raison t'éclaire,
Que la mort mette enfin un terme à ta misère.

(*Il veut sortir; les Grecs l'en empêchent.*)

(*Tecmesse reprend ses esprits.*)

SCÈNE VII ET DERNIÈRE.

AJAX, TEUCER, TECMESSE, AGAMEMNON,
GRECS.

AJAX.

MAIS que vois-je?... Les Grecs!... Barbares, demeurez;
Tremblez! n'avancez pas : oui, ces lieux sont sacrés ;
De l'homme juste et fort ils attendent les mânes :
Ne souillez point ces lieux; retirez-vous, profanes.
Roi des rois, étais-tu digne du nom de roi?
Homme injuste et cruel, rougis, et souviens-toi
De ces mots prononcés à mon heure suprême :
« Rien ne pouvait d'Ajax triompher... qu'Ajax même. »

(*Il se tue*)

TECMESSE.

Désarmez sa fureur : courez... que tardez-vous?
C'en est fait, il chancelle; il tombe sous ses coups.

(*Elle accourt et se jette sur le corps de son époux.*)

TEUCER, *en l'arrêtant.*

Tendre épouse, fuyez un objet si funeste.

TECMESSE.

Cet objet douloureux est tout ce qui me reste.
Ah! ne me privez point de ses derniers adieux;
Souffrez que je l'embrasse, ou j'expire à vos yeux.
Osez-vous m'entraîner? que faites-vous? barbare.
Oui, je mourrai cent fois avant qu'on m'en sépare.
Victime de la gloire, objet de mon amour,
Ajax, es-tu privé de la clarté du jour?
Ne reconnais-tu point ton épouse fidelle
Qui lave de ses pleurs ta blessure mortelle?
Ajax, réponds, réponds à mes tristes accens!
Tu n'entends plus ma voix; la mort glace tes sens...

La mort va nous rejoindre aux ténébreux abîmes.

(Elle se frappe.)

GUERRIERS.

O ciel !

AGAMEMNON.

O coup affreux !

TECMESSE.

Contemplez vos victimes !
Cruels, voilà le fruit de vos lâches complots.

(A Teucer.)

Ne pleurez point sur moi, pleurez sur ce héros,
Teucer, et que ma cendre, à sa cendre chérie,
Soit dans la même tombe à jamais réunie.
Je laisse un fils enfant, dans le deuil, dans les pleurs ;
Vous serez son appui, son père... Adieu... je meurs.

AGAMEMNON.

Dieux ! pouvez-vous encor augmenter mon supplice !
Voilà donc les malheurs que cause l'injustice !
J'étais loin d'en prévoir les funestes effets.
Les lauriers dans mes mains se changent en cyprès ;
La honte sort pour moi du sein de la victoire,
Et je trouve l'horreur où j'apporte la gloire.
Le plus vaillant des Grecs, Ajax est chez les morts.
Juges de sa valeur, partagez mes remords ;
Et du moins en ce jour hâtons-nous de lui rendre
L'hommage et les honneurs que l'on doit à sa cendre.
Je veux qu'un monument transmette à l'avenir
D'une fatale erreur l'éternel repentir ;
Qu'on y grave mon deuil et ma douleur amère ;
Qu'il rende à tous les cœurs la justice plus chère,
Et qu'il soit, en montrant sa puissance et ses droits,
L'éternelle leçon des peuples et des rois.

FIN.

4

www.ingramcontent.com/pod-product-compliance
Lightning Source LLC
Chambersburg PA
CBHW060809180626
46818CB00002B/766